Frison (dr)

LETTRE

D'UN

VISIGOTH,

A M. FRERON.

par l'abbé Novi de Caveirac

LETTRE

D'UN

VISIGOTH,

A M. FRERON,

SUR

SA DISPUTE HARMONIQUE

AVEC M. ROUSSEAU.

Cet homme assurément n'aime pas la Musique.
Mol. Amph.

A SEPTIMANIOPOLIS,

M. DCC. LIV.

LETTRE

D'UN

VISIGOTH,

A M. FRERON,

SUR

SA DISPUTE HARMONIQUE

AVEC M. ROUSSEAU.

L y a , Monsieur , d'heureuses témérités , mais je n'en connois pas de sages : aussi la prudence blâme souvent des entreprises que le succès justifie. Telle est la trop généreuse audace que vous avez montrée en attaquant votre Cynique moderne. Semblable à ce jeune Israëlite , qui n'ayant qu'une fronde pour toute arme offensive , osa répon-

dre au défi du redoutable Philiſtin , dont le
ſeul ſabre me fait encore venir la peau de
poule quand j'y ſonge. Vous n'avez pas craint
d'entrer en lice avec un Champion armé
juſqu'aux dents , qui fait ſon caſque d'une
ſection conique , ſes cuiſſards & ſes gante-
lets d'x x , & dont la cotte-maillée n'eſt
tiſſue que de doubles croches & de bécar-
res. Je ne crains pas , Monſieur , que cette
comparaiſon vous bleſſe ; vous y jouez le
beau rôle & vous le méritez : d'ailleurs elle
caractériſe ſi bien M. *Rouſſeau !* Ce petit
Géant n'eſt deſcendu du Pays des anciens
Allobroges que pour dévaſter les campagnes
fleuries de la République des Lettres. Il y a
fait quelque butin à la faveur d'un air modeſte & ſans prétentions. Enhardi par des
ſuccès ineſpérés , il a obtenu par ſurpriſe les
honneurs du triomphe d'une Académie naïſ-
ſante , qui ne s'apperçut pas ſans doute que
de la même main dont elle couronnoit les
ſophiſmes de ce beau diſcoureur , elle ébran-
loit les colomnes de ſon Licée. Chargé des
dépouilles du Bourguignon , il s'eſt avancé
à grands pas vers cette Capitale pour décla-
rer la guerre à nos uſages & à nos goûts.
Plein de ce mépris pour les hommes , qu'une
trop bonne opinion de ſoi fait toujours naî-
tre , il ne pouvoit pas ſe perſuader que Dieu
eût donné l'eſprit de diſcernement aux Pari-
ſiens. Hélas ! il ne ſçavoit pas alors qu'on le

connoiſſoit déja , & que vous le feriez en‑
core mieux connoitre. Des idées ſi ſingulie‑
res lui inſpirerent le deſſein de nous éprou‑
ver. Ses premieres armes furent ſur le Théâ‑
tre François : il y donna une mauvaiſe Pièce
pour ſurprendre notre jugement ; car il ſça‑
voit très-bien , s'il faut l'en croire , & vous
auſſi , Monſieur , qu'elle étoit mauvaiſe. Heu‑
reuſement elle l'étoit aſſez pour nous pré‑
ſerver du ridicule de la trouver bonne.

Un grand cœur ne ſe laiſſe pas abattre
aiſément. Peu ſenſible aux ſifflets du Par‑
terre , mon Philiſtin en conçut davantage le
déſir & l'eſpérance de faire donner le Fran‑
çois dans des piéges plus trompeurs. En
attendant que l'heure marquée pour notre
confuſion fût venue , il s'enferma dans un
cinquieme étage , où il s'exerçoit à copier de
la Muſique. Il en poſſéde le talent à un dégré
ſi éminent , que l'on peut dire pour plus
d'une raiſon qu'il eſt excellent Copiſte. Hu‑
ché dans ce ſéjour froid & modeſte , il y
aguerrit ſon ame au mépris des richeſſes , &
ſon corps à la rigueur des ſaiſons. Perſonne
n'ignore avec quel héroïſme cet Artiſan déſin‑
téreſſé préféra un écu à un louis , parce qu'il
lui ſuffiſoit pour le rechauffer & pour vivre.
Et ſoit qu'il ait voulu être en cela le Singe
du Philoſophe , qui caſſa , dit-on , ſa taſſe dès
qu'il ſe fut apperçu qu'il pouvoit boire dans
ſa main ; ſoit que ſemblable à ce prudent

Troyen qui fe méfioit des Grecs & de leurs préfens, (car il faut toujours que notre homme copie) il ait craint que l'or de Paris ne devînt auffi funefte à un Génevois, que celui de Touloufe le fut aux Tectofages. Il faut convenir qu'à force de copier les grands modèles, il s'eft rendu un original fans copie.

Le comble d'une maifon a des rapports, quoiqu'un peu éloignés, avec le fommet de la double colline. Ne foyez donc pas furpris, Monfieur, fi le Dieu de l'Harmonie a été chercher fon bien-aimé *Rouffeau* dans des galetas pour lui dicter la profe du *Devin de Village.* Ce qu'il lui a infpiré de mieux à mon avis, c'eft de piller les airs ; en quoi il l'a trouvé bien docile.

Perfonne ne fe feroit douté que cet Opéra champêtre étoit une rufe, ou plutôt une machine de guerre. En effet, il contenoit les armes avec lefquelles fon Auteur fe flattoit de nous battre. Tel ce fameux cheval, moitié chêne, moitié fapin, renfermoit les incendiaires de Troye.

Ici commence à fe développer le fyftême fuivi de M. *Rouffeau.* Pour enlever à la Poëfie & à la Mufique Françoife la réputation dont elles jouiffent depuis fi long-temps, il compofa fon *Colin* & fa *Colette.* Vous êtes trop judicieux, Monfieur, & en même-temps trop jufte pour ne pas convenir qu'au moins cette fois, il n'y a chez mon Philofophe ni

erreur dans le principe , ni fauſſeté dans la
conſéquence , ni contradiction , s'il vous plaît,
dans la conduite. Eh , quel moyen plus ſûr
pouvoit - il employer pour décréditer nos
airs & nos rimes , que celui de faire des
Vers pour les adapter à des nottes. Mais
admirez la ſage prévoyance de M. *Rouſſeau ;*
quoiqu'il n'eût pas dû ſe méfier d'un expé-
dient dont vous lui auriez bien garanti le
ſuccès , il voulut en aſſurer la réuſſite par le
choix d'un ſujet qui , n'étant ſuſceptible ni
de l'élévation de la Poëſie , ni de la variété
des accords , pouvoit rendre la Langue &
la Muſique Françoiſe reſponſables des fautes
du Compoſiteur. Quoi de plus plat en effet
que les amours & la naïveté de ces deux
Citoyens de Village ? Leurs propos méritent
à peine une place à côté des Pont neufs. Auſſi,
n'en déplaiſe à la Cour & à la Ville , plu-
ſieurs airs qui n'ont fait fortune que parce
qu'ils étoient chantans , ou plutôt faciles à
retenir , iroient mieux y compris les paroles , aux Bouviers de Théocrite , qu'aux
Savoyards de Paris , qui , du premier jour,
les chanterent à tue-tête. Il faut avoir été
comme moi vingt ans à la queue d'une char-
rue pour ſentir cette impreſſion. Si votre eſprit enjoué a pû ſe faire à l'air triſte & lan-
guiſſant de la *cabane obſcure ,* tranſportez-
vous en idée derriere une paire de bœufs
qui traînent à regret un joug peſant, & ima-

ginez-vous que pour les animer vous leur
chantez :

Des champs de la prairie
Retournant chaque foir.

Vous verrez fi l'air & les paroles ne ré-
pondent pas à la laffitude du Bouvier & des
bêtes.

Mais pour vouloir fuivre ces bœufs , il ne
faut pas perdre notre objet de vûe. M. *Rouf-*
feau ne s'eft pas écarté un inftant du fien.
Les vers de fa piéce font auffi ruftiques que
fes perfonnages. Je crains bien pour le coup
que votre bon efprit qui guète depuis fi
longtems une feule occafion de juftifier cet
Auteur, ne m'accufe dans celle-ci de n'avoir
pas connu la fineffe, ni fenti les beautés de
l'art, renfermées dans la fimplicité du ftile.
Si ces beautés confiftent à faire parler à des
François le langage des Allobroges, & à
fubftituer aux mefures de nôtre Profodie le
traînaffement de celle des treize Cantons ;
j'avoue fans peine que mes fenfations ne font
pas affez délicates pour que mon ame foit
affectée de ces agrémens. Quand à la fineffe, je n'y apperçois que celle d'avoir fû
repandre dans cet ouvrage un goût de ter-
roir auquel on ne fçauroit méconnnoître la
gentilleffe Génevoife. C'eft ainfi que le Scul-
pteur grec à qui Rome ancienne & moder-

ne font redevables du beau cheval de Marc-
Aurele, fût leur apprendre qu'il étoit Athé-
nien en repréfentant fur la tête de cet ani-
mal, par le feul arrangement des crins, la
figure hideufe & fymbolique d'une Choüette.

Ne vous attendez pas, Monfieur, à me
voir décompofer le *Devin de Village* pour en
extraire tous les Allobrogifmes qu'il con-
tient ; ce travail excède mes forces & ma
patience. On eût plutôt, je crois, balayé
les écuries du Roi Augias. Un foin plus
preffant m'appelle ; vous êtes aux prifes avec
mon Philiftin ; fa contenance m'effraye, fon
dédain me revolte, fon parti s'accroit, je
vole à votre fecours, muni d'une piéce de
conviction, qui ne pouvant le confondre, au
moins le demafquera. En prouvant qu'il eft
coupable du crime de Plagiat, dont vous
n'avez fait encore que jetter fur lui quelques
légers foupçons. Malheureufement la loi *Fla-
via* n'a jamais été promulguée au Parnaffe. S'il
eft des circonftances dans la vie où il foit,
je ne dis pas chrétien, mais feulement ho-
nête de prendre quelque plaifir à l'humilia-
tion de fon prochain, c'eft fans doute lorfqu'elle doit tomber fur quelqu'un qui mêt
toute fon étude à humilier l'humanité entiere. Tel eft à mon jugement le caractère de
M. *Rouffeau*. Sa fingularité m'a toujours dé-
plû, non à caufe qu'il voudroit faire le pro-
cès à nos mœurs, mais parce qu'elle n'eft

pas dans la nature. On ne s'habille singu-
lierement que pour se faire remarquer : *at*
pulchrum est digito monstrari & dicier hic est.
Qu'on est à plaindre quand on a besoin de
cette ressource ? Ne porter ni manchettes,
ni épée dans une ville où ces inutilités sont
devenues une partie essentielle du vêtement,
c'est vouloir courir les rues de Venise pen-
dant le carnaval sans être masqué, & s'affi-
cher pour un réformateur. L'indifférence
pour la parure n'autorise pas l'indécence ;
& il y a encore bien loin du luxe à la pro-
preté. Le Philosophe qui se couvroit de
haillons pour cacher sa fausse vertu, dût être
bien fâché quand on lui dit que sa vanité
paroissoit à travers son manteau. En un mot
les usages étant chez les hommes de con-
vention expresse ou tacite, celui qui s'en
écarte avec affectation, blesse les loix de la
bienséance & devient ridicule.

La singularité dans les opinions est un
mal d'une autre espéce souvent plus dange-
reux, parce qu'il est plus toleré. Vous n'a-
vez à vous reprocher, Monsieur, ni les pro-
grès que ce vice a pû faire, ni les ravages
qu'il pourroit causer. Mais que peut seul un
Critique contre une multitude d'écrits qui
attaquent de tous côtés le bon sens & le
bon goût ! *Horatius Cocles* auroit soutenu
envain pour un temps l'effort des Etruriens;
si les Romains ne se fussent hâtez de rom-

pre derriere lui le pont dont ce généreux
citoyen deffendoit le paſſage. Un mauvais
plaiſant diroit peut-être qu'il ne fut ſi cou-
rageux que parce qu'il ne voyoit le péril
qu'à demi : mais il ſeroit forcé de convenir
en même-temps qu'aucune crainte ne peut
abattre, rallentir, ou même arrêter un in-
ſtant votre zéle.

Ce que j'ai lû des ouvrages de M. Rouſſeau, & ce que j'en ai entendu dire, me per-
ſuade que la nature en formant cet individû
prit plaiſir à pétrir ſon cœur de contrariétés,
& ſon eſprit de paradoxes, ce qui fait qu'il
n'eſt jamais de l'avis des autres, ni même
trop long-temps du ſien. Auſſi croirois-je vo-
lontiers qu'il deſcend en ligne, à la vérité tranſ-
verſale, du Capitaine Argatiphontidas, qui
comme vous ſçavez n'alloit point aux acords.
Cette origine vaut bien le droit de bour-
geoiſie de Géneve, ſoutout lorſqu'elle ne
l'exclût pas. Il eſt donc inutile de diſputer
avec ce ſophiſte ; mais il n'eſt pas indiffé-
rent de le faire connoître à ceux qu'il a ſé-
duits. Le bandeau de l'illuſion ne peut tomber qu'avec le maſque dont il ſe couvre. La
piéce que je vous apporte produira cet effet,
ſon autenticité la garantit de toute ſuſpicion.
M. Rouſſeau plein de reſpect pour ſa chere
Patrie n'oſeroit s'inſcrire en faux contre un
acte tiré des briéves annales de la Répuli-
que de Géneve, & gravé dans la mémoire

de tous ses bons citoyens. Je suis fâché seulement que pour l'intelligence de cette piéce il soit besoin de recourir à l'histoire du siécle passé. Que n'ai-je dans ce moment cet heureux talent d'embellir les faits vrais ou faux que le nouvel abbréviateur François possede. Je serois bien sûr de vous plaire, il ne m'en coûteroit tout au plus que la peine de le vouloir ; au lieu que je ne sçai pas même par où commencer pour continuer à vous ennuyer.

Les anciennes prétentions de la maison de Savoye sont plus connues que la justice de ses droits. D'Albini, Lieutenant-Général de Charles-Emmanuel, & son Gouverneur par deçà les-monts, conçut le beau dessein de décider cette question par une ruse. Il confia son projet au brave Bernouillere qui de son côté en avoit formé le plan long-temps avant lui. Une même façon de penser dans les esprits est un lien bien fort pour les cœurs. D'Albini associa Bernouillere à sa gloire & aux risques de son expedition. Il s'agissoit de surprendre Géneve. L'entreprise étoit d'autant plus difficile que la garde de cette ville n'est confiée qu'à ses citoyens, & que les remparts sont d'une élévation prodigieuse. Les grandes ames sont faites pour triompher des grands obstacles. D'Albini fit construire des échelles d'une invention singuliere ; ne m'en demandez pas

s'il vous plaît la defcription, il vous fuffit
de fçavoir que depuis celle de Jacob , il n'en
a pas paru de fi longue fur la terre. C'eft
à l'aide de cette machine dont le fameux
Epéus fe feroit fait honneur, que l'on ef-
calada les murs de Géneve, la nuit du 22
Septembre 1602. Bernouillere monte le
premier, furprend la fentinelle, la tue, &
fe met en faction à fa place, pour tromper
par ce ftratagême l'Officier de ronde, à
qui bientôt après il arracha le mot du guet
avec la vie. C'étoit fait de la cité de Dieu,
s'il eût encore tué l'homme qui portoit la
lanterne. Mais foit qu'il lui échappa fans
qu'il s'en apperçût, foit qu'il négligeat de
le pourfuivre pour ne s'occuper que du
foin de garnir les remparts de foldats ; la
ville dût fa délivrance à l'allarme que ce
Sofie épouvanté répandit dans tous les
quartiers, où fa frayeur lui faifoit chercher
un afile. C'eft ainfi que le cri des oyes
fauva le Capitole. Un peuple armé pour fa
liberté ne craint que le danger de la perdre. Le Génevois animé par un refte de
fang Romain qui couloit encore dans fes
veines, court aux armes, vole vers l'enne-
mi & le culbute du haut des remparts.
Cette victoire prompte & entiere tenoit
affez du prodige pour en rapporter toute
la gloire au Très - Haut. Dans les tranf-
ports de la reconnoiffance, on ordonna des

priéres, on compoſa des cantiques; on fit auſſi des chanſons ; les Temples & les Guin-guettes retentirent tour-à-tour de chants d'al-legreſſe, dans leſquels le ſacré & le pro-phane étoient mêlés avec tant de ſimplicité, qu'on pouvoit les chanter au pied des Autels & autour d'une table. Vous en ju-gerez par les couplets que je vais avoir l'honneur de vous communiquer. Je les tiens d'un garçon horloger, qui pour ne pas perdre le ſouvenir de Sion, chante jour & nuit ſes cantiques, & corrige l'aigreur de ſes limes par la douceur de l'accent Gé-nevois. *

Par une nuit obſcure
Le Chef des Savoyards,
Sans cheval, ni monture,
Marcha vers nos remparts;
Et dreſſant une échelle
De neuve invention,
Surprit la ſentinelle
De la ſainte Sion.

Si le Seigneur mon Maître
Ne bâtit ſa maiſon,
Qui peut de ſon Temple, être
Architecte ou Maçon?
Ainſi s'il ne te garde
Cité de ſes élûs,
Vaine ſera ta garde,
Et tes murs ſuperflus.

Il eſt logé dans l'enceinte des Quinze-vingt, au niveau de ſon Concitoyen M. Rouſſeau,

Vous

Vous voudrez peut-être sçavoir, Mon=
fieur, si ces deux couplets sont tirés d'un
Cantique ou d'une Chanson. La question est
embarraffante, je n'oserois la décider. Mais
je ne craindrai pas de dire que si c'est un Cantique, il n'est pas spirituel. Voilà pourtant
le beau modèle d'après lequel M. *Rousseau* a
fait sa *Cabane obscure*. Il faut que l'*allegro*
de l'air l'ait charmé. On aime les choux de
son jardin; eh qui sçait si ce n'est pas avec
ce Chant joyeux qu'on l'a bercé? Il est si
propre à endormir. *Quo semel est imbuta recens*
servabit odorem testa diu. Il n'a donc pû
ni l'oublier sans ingratitude, ni se le rappel-
ler sans reconnoiffance, ni en faire ufage
fans fuccès; je veux dire, sans endormir
ceux qui étoient prédeftinés à l'entendre.
Tant de motifs cumulés juftifient fa préfé-
rence, & autorifent fon larcin; mais ils n'ex-
cufent pas fa *Copio-manie*. Il l'a portée jufqu'à imiter la Profodie des vieux Roman-
ciers, en quoi il n'a eu à mon avis ni mérite
ni peine. Il refte à fçavoir si les admirateurs
de ce Coriphée poufferont la prévention ou
la complaifance jufqu'à prononcer avec lui
cabane, *nouveau*, *travaux*, *habiter*, *chaque*,
retour, *foleil*.

Je pardonne au Danois d'avoir été chercher un Maître de Langue Françoife dans
les montagnes des Sévenes; fon erreur n'a
pas duré long-temps. Mais que le Parifien

B

revère le lac de Geneve comme une fource
du bon goût, & qu'il ait pris un oifeau fau-
vage échappé de ces bords pour un de ceux
des rives du Méandre ; c'eft ce que je ne
comprends pas. Je ne fuis pas moins étonné
de voir que la Cour, dont les oreilles délicates font accoutumées aux accens les plus
doux, ait pû fupporter la dureté de la Profodie allobroge, & trouve quelque agrément
dans des chants fomniferes tels que celui de
la *Cabane obfcure*. Pourquoi M. *Rouffeau*, à
qui il ne doit pas plus couter de piller le
bon que le mauvais, ne s'eft-il pas toujours
déterminé pour le meilleur ? Vous lui par-
donneriez certainement fes larcins s'ils étoient
tous pareils à celui de la premiere phrafe de
Mufique de la Mufette d'*Ajax*, fi connue par
la Chanfon, *Vous qui donnez de l'amour*, dont
il s'eft fervi en maître, pour exprimer d'une
maniere défintéreffée, *Soyez mes feules gran-
deurs.*

    Mais un Cynique eft-il capable de cette
attention ? Il faudroit qu'il voulût plaire, &
ces Meffieurs n'aiment qu'à mordre. Celui-ci
n'a rien fait encore qui ne le prouve. Sa Let-
tre contre la Langue & la Mufique Françoife décele fon efprit & fon cœur ; tampis
fi on n'en fent pas de bonne heure les confé-
quences.

    Les nouveautés font toujours dangereu-
fes ; *Confucius* l'a dit, le Chinois le croit ;

auffi ne change-t-il jamais rien dans fes moin-
dres ufages. Le François au contraire, ama-
teur du nouveau, fe laiffe entraîner par fon
goût vers cette Idole ; & s'il lui dreffe des
Autels, l'Auteur de la nouveauté en partage
toujours l'encens & le culte. Pour des pe-
rils, à la vérité plus grands, les Romains
chafferent de leur Ville les Philofophes &
les Médecins. Je ne voudrois pas propofer
cette févérité comme une regle. Mais s'il
falloit pour arrêter le cours d'un abus chaf-
fer un de ces prétendus Sages ou Docteurs,
je choifirois le premier parmi ceux dont les
mœurs & le fyftême feroient les plus oppo-
fés à nos plaifirs & à nos coutumes ; quand
à l'autre, je chafferois fans héfiter, & pour
raifon de moi connues, un Médecin Nor-
mand, ces deux qualités réunies pouvant
renouveller à tout moment les maux que l'i-
gnorance des nouveaux Médecins caufa dans
Rome, & les ravages que la fureur des
anciens Normands fit dans Paris. Je ne crois
pas, Monfieur, qu'il foit befoin de recourir à un remede auffi violent pour faire taire
M. *Rouffeau*, ni qu'il fût fage à vous de ré-
pondre méthodiquement à fes paradoxes.
Vous l'avez battu avec les armes dont *Horace*
confeille l'ufage en pareille rencontre, &
vous les avez maniées avec la légéreté qui
vous eft propre. Il ne manque donc rien à
votre victoire ; mais s'il manquoit quelque

chofe à fa défaite, il faut efpérer que l'illuftre
Magiftrat qui réunit à la dignité de Préteur,
les fonctions d'Edile, ne permettra pas que
cet Etranger faffe de nouvelles incurfions fur
les terres de l'Harmonie. Le jugement rendu
par les Ephores contre le fils de *Therfander*,
Miléfien, eft un arrêt, de préjugé bien favo-
rable à notre Mufique. Le fçavant Acadé-
micien qui l'a inférée dans une differtation
très-intéreffante, étoit fans doute infpiré par
l'heureux génie de la France lorfqu'il s'eft
occupé dans ces circonftances d'une recher-
che qui, en nous faifant admirer les fages
Loix des Spartiates, invite nos Magiftrats à
les adopter, & M. *Rouffeau* à les craindre.
Une trop grande indulgence pourroit lui être
plus funefte, fur tout fi les Demoifelles des
Chœurs, s'armant pour la défenfe *du Théâtre
de leur gloire*, alloient imiter les Damés de
Thrace.

Je fuis, &c.

www.ingramcontent.com/pod-product-compliance
Lightning Source LLC
Chambersburg PA
CBHW061743180626
46818CB00006B/2724